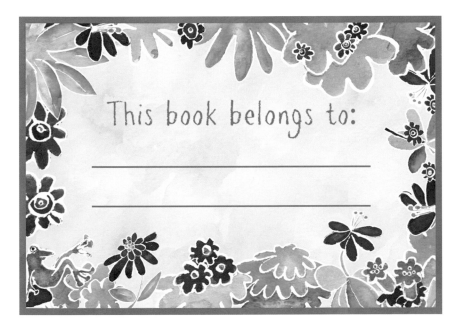

This book belongs to:

_____

_____

D0506571

For Team McCallum:
Ben, Toby, Ella and Charlie.

Text copyright © 2010 Jill Newton
Illustrations copyright © 2010 Jill Newton
Dual language text copyright © 2010 Mantra Lingua
Audio copyright © 2010 Mantra Lingua
This edition 2010

Mantra Lingua
Global House
303 Ballards Lane
London, N12 8NP
www.mantralingua.com

Touch the arrow with the RecorderPEN to start

Start   Info   English   Language

День спорта в джунглях

SPORTS DAY IN THE JUNGLE

Jill Newton

Russian translation by Dr Lydia Buravova

Чемпионат джунглей был не за горами, и все звери тренировались, готовясь к соревнованиям.

Ну, *почти* все звери.

It was nearly time for the jungle games, and every animal was busy practising.

Well, *almost* every animal.

Ленивец же неподвижно висел на ветке, наблюдая за всем происходящим. Он не хотел и пальцем пошевельнуть.

Sloth slowly watched from his branch. He didn't move very much.

Мимо стрелой пролетела Обезьянка.
«Эй, Ленивец! Тебе меня не поймать!»

Monkey swung past.
"Look at me, Sloth! Try and catch me!"

Ленивец посмотрел, как Обезьянка
исчезла в кроне деревьев...

и вздохнул.

Sloth watched Monkey
disappear into the trees...

and sighed.

Он наблюдал за тем, как скакали лемуры, как прыгали панты и **жонглировали** орангутанги.

He watched lemurs leap,
panthers pounce
and orangutans do the jungle juggle.

Ленивец медленно...
медленно...
медленно закрыл глаза.

And Sloth slowly...
slowly...
slowly closed his eyes.

«Тебе меня не поймать, Ленивец!» - смеялась Обезьянка.

"You can't catch me, Sloth!" Monkey laughed.

Ленивец видел, как Обезьянка, раскачавшись на ветке, прыгнула туда, где проводили отбор по командам...
и вздохнул.

Sloth watched Monkey spin about on the branches, swinging off to the team selections…
and sighed.

Проводил отбор Шакал, каждый участник показывал, на что он способен.
Первой Шакал отобрал Обезьянку, потому что она *всегда* во всем была первой.

Jackal looked on as every creature tried their best.
She chose Monkey first as Monkey *always* won.

Никто не взял в свою команду Ленивца. Это же были спортивные соревнования, а не соревнования по лени.

Nobody chose Sloth. There was no race for hanging about.

Команда старалась изо всех сил. Звери
так сильно хотели выиграть
Чемпионат джунглей.

The team
worked hard.
They all really
wanted to win
the jungle
games.

«Я займу первое место! - кричала Обезьянка.
- Никто не сможет догнать меня!»
Звери смотрели на Обезьянку... и вздыхали.

"I'm going to win!" called Monkey.
"No one can catch me!"
All the animals watched Monkey... and sighed.

После беспокойной ночи на небе наконец появилось солнце. И вместе с ним появились команды, участвующие в соревнованиях. Джунгли наполнились **жизнью** и спортивным духом.

After a long, restless night the sun finally appeared. And along with it came the competing teams.

The jungle was alive with sport.

Ленивец медленно отодвинул ветку, чтобы было лучше видно, как кувыркаются тигры, танцуют туканы, как трубят слоны, а лягушки подпрыгивают,

скачут **и прыгают!**

Slowly, Sloth moved branch to watch the tigers tumble, the toucans tango, the elephants humph and the frogs hop,

skip   and jump!

Вот наконец и финальные забеги.
«Я в отличной форме, - сказала Обезьянка, разминаясь.
- Я промчусь стрелой. И никто, *без сомнения, никто*,
не сможет поймать меня!»

Soon there was only one race left.
"It'll be a breeze," said Monkey as he got ready.
"I'm as fast as the wind. No one, *I mean no one*,
can catch me!"

Обезьянка перепрыгнула с
сучка на ветку, с ветки на лозу,
раскачиваясь быстрее и быстрее.
Зери подбадривали ее криками, а
прыжки становились все
больше   и   больше.

Monkey raced from bough to branch to vine,
swinging faster and faster.
Everyone cheered as the gap   got   wider.

Обезьянка подпрыгнула и ухватилась
за самую высокую ветку дерева...

Monkey leapt and grabbed the
highest branch of the tree…

ХРУСТ!

SNAP!

Ветка не выдержала.

The branch wasn't strong enough.

Ленивец медленно...
медленно...
медленно поднялся на
своей ветке.

Sloth slowly...
slowly...
slowly stood up on his branch.

Он протянул свои длинные
лапы, и...

Ух!

He stretched his long arms,
then...

WHOOSH!

Представляете, как радовались все звери, когда Ленивцу, не смотря ни на что, удалось поймать Обезьянку!

Everyone cheered as Sloth *finally* caught Monkey!

JUNGLE FACTS

Sloths are surprisingly good at swimming!

Lemurs use their big tails to signal to each other.

Panthers are really good at climbing trees.

When a male and female toucan like each other, they use their beaks to throw fruit to each other.

Elephants make lots of interesting noises. They grunt, purr, bellow, whistle and trumpet.

Monkeys live in groups called troops.

A tiger's roar can be heard more than a mile away.

If people don't stop chopping down the jungle, very soon there won't be any jungle left.